PRE

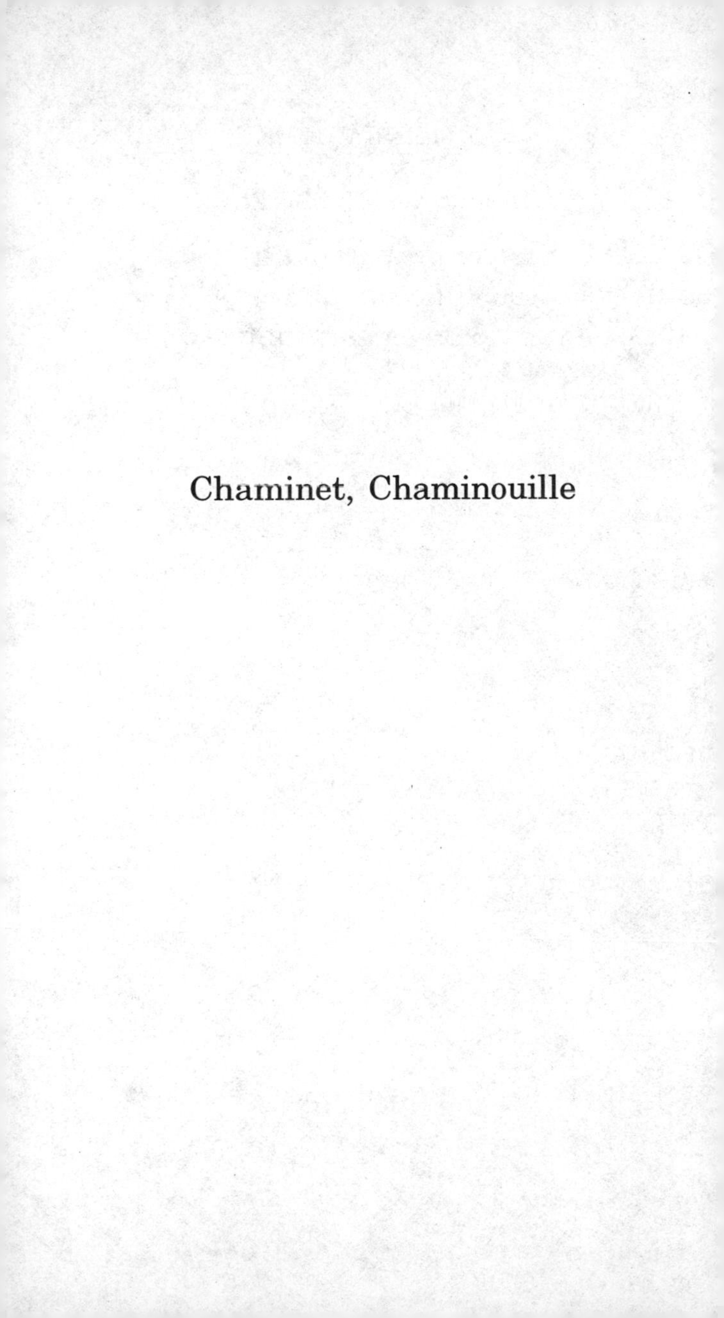

Chaminet, Chaminouille

Du même auteur

Chez le même éditeur

La Dompteuse de perruche
La Dompteuse de ouaouarons
Des bleuets dans mes lunettes

Lucie Papineau

Chaminet, Chaminouille

roman

Boréal

Cet ouvrage a été publié avec l'appui du Programme de subvention globale du Conseil des Arts du Canada.

L'auteur tient à remercier le ministère de la Culture, qui, en lui accordant une bourse, a facilité l'écriture de ce roman.

Maquette de la couverture: Rémy Simard
Illustrations: Marisol Sarrazin

Dépôt légal: 1er trimestre 1994
Bibliothèque nationale du Québec

Diffusion au Canada: Dimedia
Distribution en Europe: Les Éditions du Seuil

Données de catalogage avant publication (Canada)

Papineau, Lucie

Chaminet, Chaminouille

(Boréal junior; 31)

ISBN 2-89052-608-9

I. Sarrazin, Marisol, 1965. II. Titre. III. Collection.

PS8581.A665C42 1994 jC843'.54 C94-940348-2
PS9581.A665C42 1994
PZ23.P36Ch 1994

Pour Olivier,
un petit garçon qui adore les livres
et qui aime aussi beaucoup
caresser les chats,
surtout s'ils sont entièrement noirs
et exagérément doux!

Chapitre 1

—Touc... touc... touc... touc...

Une goutte d'eau, venue de très loin, fait des trous dans mon rêve. J'ouvre un œil, puis l'autre. Il me semble que j'ai rêvé à trois gros ours en chocolat qui jouaient au hockey. Mais je n'en suis pas certaine... Peut-être était-ce au base-ball?

—Touc... touc... touc... touc...

La goutte continue son petit bruit même pas doux. Est-ce la même goutte qui tombe du robinet, qui se faufile dans les tuyaux à une vitesse spectaculaire, puis qui redégoutte dans l'évier? Est-ce la même goutte qui s'amuse à faire tout ça, juste pour me réveiller le matin?

—Bing bang klonk patapouf!

—Chaminet! C'est toi?

Bien sûr que c'est lui... Qui d'autre pourrait faire un tel vacarme?

—Ouille!

Mon chat vient de me sauter sur le nez, après avoir foncé vers une vieille chaise de poupée qui s'est écrasée en plein sur mon cactus préféré... Après avoir escaladé ma commode pour atterrir dans le tiroir de *bobettes* (ouvert, comme d'habitude)... Après avoir fait un vol plané qui a renversé mon verre d'eau!

—Chaminet... Mon chat chéri mon bébé préféré l'amour de ma vie...

Oubliant toutes ses mésaventures, Chaminet me lèche le nez. Lui et moi, nous nous connaissons depuis à peine deux semaines. Pourtant c'est déjà l'amour fou! Ça tombe bien, puisque l'autre amour de ma vie, en ce moment, il est à environ deux heures et demie d'auto. Peut-être même plus... Car pour que le trajet dure seulement deux heures et demie, il faut rouler aussi vite que Lison (ma mère). Et maman, elle conduit presque toujours à une vitesse tout à fait paranormale.

Je ne crois pas qu'aujourd'hui, Lison ait très envie d'avaler la route à une vitesse incroyable pour retrouver l'autre amour de ma vie. Parce que l'autre, c'est mon père. Et nous, on est divorcés. Ça fait presque un mois qu'on habite à Montréal, maman et moi, entièrement seules. Dans une maison bizarre, étranglée entre toutes les autres maisons identiques, sans arbres, sans cour, sans rivière ni rien.

Si c'est ça divorcer, eh bien moi je le dis: ça ne m'arrivera jamais! Pour en être certaine, je sais ce que je vais faire. Je vais rester toute ma vie avec Chaminet, sans me marier avec personne, ni rien du tout.

* * *

Dehors, c'est l'automne. Enfin, quand on est parties de Saint-Gérard, c'était l'automne. Ici la rue est noire, les maisons sont grises et, si par hasard on voit un arbre, on dirait qu'il est gris lui aussi.

Quand je regarde les arbres tout nus comme ça, sans leurs feuilles, ça me fait toujours un peu peur. Qui me dit qu'au printemps, les feuilles vont vouloir pousser? Et si, cette année, les feuilles décidaient de faire la grève?

—Patow!

Chaminet vient de s'écraser contre la grande fenêtre du salon. Il voulait probablement faire la chasse aux feuilles mortes... Mais il est beaucoup trop petit pour savoir que les vitres, même si elles sont transparentes, sont très très difficiles à traverser!

—ÉLI! Qu'est-ce qu'il a encore fait, ton chat?

—Rien maman, rien du tout! Il me fait rire...

Éli, ce n'est même pas mon vrai nom. Mais c'est comme ça que Lison m'appelle quand elle n'est pas contente. Ce nom claque dans sa bouche comme un bras de *Barbie* qui se casse en deux. C'est comme une porte fermée trop fort, directement sous le nez de l'ancien amour de sa vie.

Quand elle prononce ces deux syllabes, ma mère n'a vraiment pas besoin de dire autre chose. Je sais déjà que Chaminet ou moi, nous n'avons pas été sages comme des images...

Quand tout va bien, lorsque je suis mignonne, gentille, pas fatigante et que je ne pose pas trop de questions archi-difficiles (une de mes spécialités), Lison m'appelle Anne. C'est tout. Aucun petit mot d'amour, comme moi avec mon Chaminet. Non, juste Anne.

Pas besoin de dire que, depuis qu'on est divorcés, ça n'arrive pas très souvent.

Maintenant que nous habitons Montréal, elle m'appelle surtout Éliane. C'est mon vrai nom. Celui qui signifie qu'il faut que je sois raisonnable et grande, celui qui veut dire qu'il faut qu'on parle de choses sérieuses.

Bref, un vrai nom de divorcée.
—Spouf! Crack!
—Oh non! Chaminet...

Chapitre 2

—Kling!

Ce bruit, ce n'est pas Chaminet qui atterrit en plein dans le plat de crevettes au cari. En fait, ce petit incident est arrivé il y a déjà une demi-heure et le bruit produit était beaucoup plus spectaculaire. Genre: bing bing klonk patapouf! Le kling, c'est plutôt ma tante Juju qui fait tinter son verre contre celui de Lison.

—Aux hommes! qu'elle dit en souriant avec des fossettes.

—Biark! laisse tomber ma mère, du haut de son air dégoûté.

—Juju, ma tante chérie d'amour... Tu vas jouer de la guitare, ce soir? Tu vas chanter, n'est-ce pas? Dis oui!

C'est ce que je demande toujours à Juju quand elle vient chez nous. Parfois, elle n'attend même pas que je lui demande. Elle met ses mains sur ses hanches et crie en m'imitant: Chante! Vas-y, chante!

J'avoue que je suis très très contente de posséder une tante qui joue de la guitare. En plus, elle chante mieux que tous ceux qu'on voit à la télé! Je suis aussi extraordinairement contente d'avoir une tante qui a eu l'idée du siècle: m'offrir — avec litière, boîte de bouffe et tout — un petit chaton entièrement noir et exagérément doux. Et pas n'importe lequel. Non... Le plus beau chat noir du monde, le seul et unique Chaminet.

Ma tante Juju est très habituée à Montréal. Ça fait presque toute une vie qu'elle habite ici — au moins six ans! Depuis qu'on a déménagé, elle vient nous voir plus souvent. Elle m'a assuré qu'avec un chat, je trouverais ça beaucoup plus drôle de vivre dans une sale ville de divorcés, sans arbres ni cour, sans rivière ni rien. Enfin ce n'est pas exactement ce qu'elle a dit, mais c'est ce que j'ai compris. Et je suis tout à fait d'accord avec elle.

—Scccrrrrrrratch!

—NON! Ce n'est pas vrai, ça ne peut pas être vrai!... ÉLI! Attrape ton chat avant que je l'étrangle...

—Mais maman, ce n'est pas sa faute... Il est si petit, c'est un BÉBÉ!

—Va mettre ce BÉBÉ dans la cave tout de suite, c'est mon dernier mot!

Zut. Rezut. Chaminet n'a même pas l'âge de raison. Personne ne lui a expliqué que les rideaux en dentelle neufs n'étaient pas faits pour l'escalade. Personne ne lui a jamais dit que les griffes de chaton, même toutes petites, pouvaient déchirer les rideaux en dentelle neufs. Zut. Rezut.

Comme il est trop jeune pour savoir ce qui l'attend, Chaminet se laisse attraper en ronronnant. C'est injuste. À la limite, j'aurais pu l'enfermer dans ma chambre, mais pas dans la CAVE! Cette horrible cave noire, sale, remplie de boîtes de carton éventrées et de vieilles bicyclettes aux pneus crevés... Un horrible trou noir cachant son odeur de renfermé au bout d'un escalier en colimaçon... C'est trop. Et puis il y a la fournaise, avec tous ses bruits de ventre glougloutant, avec le feu

qu'on peut apercevoir par le trou percé dans sa porte en métal noir. Brrr!

—ÉLI...

Ce prénom-là et ces gros yeux-là m'avertissent qu'il n'y a absolument rien à faire, rien à espérer. Je pousse un soupir qui réussirait presque à faire pleurer une poupée en plastique... mais pas ma mère. Puis je me dirige vers l'escalier d'un pas traînant, mon chat sous le bras, la mort dans l'âme, les épaules voûtées, l'œil éteint, le cœur brisé...

—ÉLI!

Bref, je me dirige vers la cave. Pour y arriver, on doit emprunter deux escaliers. Le premier descend jusqu'au rez-de-chaussée, dans l'entrée. Cette pièce est toute petite, avec seulement un portemanteau et deux portes, l'une en face de l'autre. On croirait presque un cauchemar inventé par un maniaque des films d'horreur. Le genre de cauchemar où il faut choisir entre deux portes exactement identiques. Si on ne choisit pas la bonne, on se retrouve devant un monstre sans queue ni tête, sans cœur, ni sentiments ni rien.

Dans la vraie vie, la porte de gauche mène vers la rue noire et les maisons grises. La porte de

droite, elle, ouvre sur l'escalier en colimaçon qui descend dans le noir, comme un gros serpent hypocrite.

J'allume la lumière. J'embrasse mon Chaminet, mon chat chéri mon bébé préféré l'amour de ma vie. J'ouvre la porte de droite. J'embrasse mon Chaminet, mon chat chéri mon bébé préféré l'amour de ma vie. Il frotte sa joue contre la mienne. J'embrasse mon Chaminet, mon chat chéri mon bébé...

Bon. On ne va pas continuer comme ça toute la nuit!

—Je t'aime, que je lui dis.

Et je lance sa souris en peluche dans l'escalier. Il se catapulte à sa poursuite, convaincu qu'il s'agit d'une vraie souris. Une autre preuve qu'il est encore un tout petit bébé de rien du tout qui n'a même pas l'âge de raison...

Puis vlan! Je referme la porte. Ensuite, j'escalade quatre à quatre les marches de l'escalier, vite, vite. Je ne veux pas entendre mon pauvre bébé qui va bientôt commencer à miauler, j'en suis certaine. Arrivée en haut, je me plante devant ma mère, qui remplit les verres, et devant ma tante Juju, qui tient déjà sa guitare. Elles ne me laissent même pas le temps d'ouvrir la bouche.

—C'est injuste! disent-elles en riant. C'est vraiment trop injuste! rajoutent-elles avec des mini-voix qui ressemblent sûrement, selon elles (et pas du tout selon moi), à la mienne...

Insultée, je ne trouve rien à répliquer.

—Allons, petite Anne, me dit tante Juju avec des yeux doux, viens chanter! Je sens que ma guitare est très en forme, ce soir. Ça va chauffer!

Toujours insultée, je préfère ne pas répondre du tout. C'est qu'elle connaît mon point faible, Juju: quand elle chante, j'en redemande toujours! Maman, les bras chargés d'assiettes, dépose en passant un baiser sur ma tête.

—Tu pourras aller le chercher dans quinze minutes, ton fichu chaton. Après tout, on ne peut pas le laisser détruire la maison au complet, juste parce qu'il veut se faire les griffes... Il faut absolument qu'il comprenne, Éliane, tu le sais bien.

Bon. Voilà qu'elle me ressert le nom de divorcée, le nom de petite fille très très raisonnable qui comprend tout, absolument tout. Je ne sais pas si c'est vraiment moi, cette Éliane-là...

Juju, l'air tout à coup inspiré,

plaque les accords d'une chanson que je crois reconnaître. Puis elle se met à chanter, en prenant une drôle de voix.

Quand j'vas être un bon chat
Pas d'bing bang pas d'patatras
J'vas rester tranquille
Doux comme une chenille
Couché dans mon panier
Toujours à ronronner...
*Quand j'vas être un bon chat!**

Maman éclate de rire, imitée aussitôt par Juju, qui me fait un clin d'œil. Pfff! Je n'ai pas du tout envie de rire, moi. Voyons... Je ne suis pas une traîtresse, je ne rirai pas de mon Chaminet! Ma tante, presque bleue et au bord du hoquet, réussit enfin à se calmer. Elle me regarde avec un sourire en coin.

---

* Juju chante sur l'air de la chanson *Le Bon Gars*, de Richard Desjardins.

—Ton chat, Bichette, c'est vraiment un drôle de pistolet... Il fonce partout, il griffe tout ce qui bouge, il s'attaque même à son ombre! Si ça continue, il va falloir le rapporter au magasin. Je devrai dire au vendeur: «Monsieur, nous sommes dans l'obligation d'échanger ce chat, il a beaucoup trop de défauts. Vous nous aviez assuré qu'il était garanti "qualité A-1"...

Eh bien, il ne l'est pas du tout. Nous voulons un autre chat, entièrement sans défauts celui-là! Et nous voulons être remboursées pour les rideaux en dentelle déchirés!»

Maintenant rouges comme des cerises au marasquin, Lison et Juju essaient de chanter, de miauler et de rire, tout ça en même temps. Non mais comment peuvent-elles rire dans un moment pareil? Rapporter Chaminet au magasin, c'est drôle, ça? Elles sont sadiques ou quoi? Il n'y a pas de quoi s'étonner: c'est ce qui arrive quand on vit dans une sale ville de divorcés...

Tout de même, je ne peux pas croire que c'est ma tante Juju qui a eu cette horrible idée. Je le promets solennellement, sans même croiser mes doigts derrière mon dos: JE NE LAISSERAI JAMAIS PERSONNE RAPPORTER MON CHAMINET AU MAGASIN.

Ça, c'est garanti!

Chapitre 3

—Choubidou, choubidouwa!

Ma mère et ma tante se sont mises à chanter la même chanson, mais pas sur les mêmes notes. Sur la table, les verres à vin sont bien remplis. Quand elles commencent, on peut être sûr et certain qu'elles en ont pour toute la soirée. Je pourrais faire le tour du salon en sautant sur la tête, déguisée en citrouille avec des clochettes autour des chevilles: elles ne s'en apercevraient pas. Je pourrais me métamorphoser en dragon et leur cracher du feu sous le nez: elles continueraient sûrement à chanter.

Je pourrais même descendre à la cave pour prendre mon Chaminet et pour me sauver avec lui loin, très loin, sans qu'elles lèvent le petit orteil pour me retenir. Je pourrais aller jusqu'à Saint-Gérard à pied avant qu'elles ne remarquent ma disparition.

Personne ne va ramener Chaminet au magasin, je n'ai pas changé d'avis. Personne ne va m'obliger à vivre sans lui dans une sale ville de divorcés où tout est gris.

Je fonce donc vers ma chambre. Dans mon sac mauve, je lance pêle-mêle cinq *bobettes*, deux chandails, ma cassette préférée, quatre paires de collants de laine, mon réveille-matin, une tuque, trois caramels mous, en plus de la boussole et de la lampe de poche

que mon grand-père m'a données. On ne sait jamais.

Sans faire de bruit, je me glisse dans la cuisine pour aller chercher un couteau et une fourchette. On ne sait jamais. Sur la pointe des pieds, je me dirige vers l'escalier. Me voilà sur le palier, entre les deux portes. J'ouvre celle qui mène à la cave. Ensuite j'appelle Chaminet (pas trop fort, il ne faudrait tout de même pas que les deux chanteuses d'en haut m'entendent).

—Chaminet! Viens ici mon petit...

Pas de réponse. Pas le moindre bing bang klonk patapouf. Pas le moindre petit miaou de rien du tout.

—Chaminet... T'es où?

Devant l'escalier en colimaçon qui serpente vers le trou noir, mon cœur se serre. Puis il se met à battre très fort. Pourquoi Chaminet ne vient-il pas? Il boude? Il a été bouffé par une souris géante? Il a disparu dans une autre dimension? Il a la patte prise dans un piège à rats et il est tombé dans les pommes?

Mais qu'est-ce que je vais faire, moi?

La seule idée que j'ai trouvée, c'est d'imiter le bruit que tout le monde fait quand on appelle un

chat, un peu comme si on donnait un bec dans le vide. Rien. Toujours rien.

Bon. On dirait bien que si je veux sauver mon chat chéri mon bébé préféré l'amour de ma vie, il va falloir que je réalise un exploit. Il n'y a pas d'autre solution, il faut que je descende le chercher dans la cave. Au secours!

Peut-être que je vais mourir d'une crise cardiaque... Peut-être que je vais foncer tout droit dans la toile d'une araignée géante... Peut-être que je vais me retrouver en plein devant le fantôme d'un ogre fou qui habitait ici, il y a cent cinquante ans... Peut-être que je vais tomber dans la fournaise et brûler vive, sans même avoir le temps de crier ciseaux...

Pourquoi? Pourquoi faut-il que des choses aussi horribles m'arrivent à moi? Pourquoi?

—Miaou...

—Chaminet, c'est toi?

J'ai l'impression d'avoir entendu un minuscule miaou venant de très loin, du ventre de la cave. J'ouvre mon sac et je prends un caramel. Si j'en mange un, ça va sûrement me donner du courage. Je pourrais même essayer de faire un vœu. On ne sait jamais, avec les caves!

Les yeux fermés, je mords dans

le caramel. Mmmmmmm. Il est tiède et tout mou. Ça me fait la même chose, en dedans, quand je mets mon nez dans le cou de Chaminet qui ronronne. Ça fait penser à papa, quand il m'assoyait sur ses épaules pour descendre à la rivière. On regardait les nuages pour découvrir toutes sortes de drôles de monstres. On se cachait dans l'herbe pour surprendre les princes changés en ouaouarons. Ou vice versa.

Ça y est. Mon vœu est exaucé. Je n'ai plus peur. Enfin, presque plus. Je fouille encore dans mon sac, pour trouver ma tuque. Je me l'enfonce jusqu'aux oreilles. Bien quoi? Si j'atterris tout droit dans la toile d'une araignée géante, j'aime mieux l'avoir sur la tuque que sur la tête, l'araignée.

Bref, je respire un grand coup et je commence à descendre. Le

plafond est si bas qu'on se croirait dans un tunnel. Je déteste les tunnels presque autant que les caves.

Vite, il faut que je descende plus vite, avant que mon caramel et mon courage ne fondent tous les deux. Voilà. La cave est là, devant moi, noire comme une caverne de loup.

Zut. Je ne me souviens plus comment on fait de la lumière dans cette fichue cave. La seule lueur, en haut de l'escalier, semble provenir de très très loin, comme si elle était dans un autre monde. Rezut.

À tâtons, mes mains cherchent le long du mur. J'entends très fort le bruit de ma respiration, comme si ce n'était pas vraiment la mienne. Mon cœur bat dans ma tête. Bizarre... Qu'est-ce qu'un cœur vient faire dans une tête?

Encore une question à laquelle il est presque impossible à répondre, dirait Lison.

—Miaou...

—Chaminet! Mon bébé... Viens ici, viens vite!

Rien.

—Réponds-moi, je t'en prie... Chaminet!

—Ding!

Ça, ce n'est pas mon chat qui vient de foncer tout droit sur un objet non identifié. C'est plutôt une idée de génie qui vient de s'allumer dans ma tête, comme par magie. Pourquoi perdre mon temps à chercher comment on allume la lumière, alors que j'ai une belle lampe de poche dans mon sac? Merci grand-papa!

Vite, il faut que je la trouve, la petite lampe rose. Bon. Admettons que ce n'est pas la couleur par excellence pour une expédition de sauvetage dans la cave, mais ça devrait fonctionner quand même.

Voilà, je l'ai. J'appuie sur le bouton et... je n'y vois pas beaucoup mieux. J'ai l'impression qu'il y a longtemps que les piles ont été changées. Est-ce que je pouvais savoir, moi, que j'allais être obligée de sauver mon Chaminet aujourd'hui? Un sauvetage à réussir au beau milieu d'une horrible cave complètement noire, en plus... Dans le pâle triangle de lumière rose, on distingue à peine les silhouettes des boîtes de carton, des vieilles bicyclettes aux pneus crevés et des autres objets qui, pour l'instant, n'ont l'air de rien du tout.

—Avance, que je me dis à moi-même avec une voix tremblante. Vas-y, sauve ton chat et sors d'ici au plus vite!

Facile à dire. Ce n'est pas ma

boussole qui pourra m'indiquer où se cache Chaminet dans ce fouillis. Je pourrais peut-être déposer mes cinq *bobettes* par terre, derrière moi, à mesure que j'avance. Ainsi, je pourrais retrouver mon chemin en revenant. «Éliane, la petite Poucette, sauve son chat des griffes de l'ogre de la cave!»

—Franchement, que je me dis, tu n'as vraiment pas de bon sens, Éliane Gagnon!

Comme un robot, je soulève un pied et je le fais retomber un peu plus loin devant moi. Puis je fais la même chose avec l'autre. On dirait que mon corps avance tout seul. Droite, gauche, droite... Oh! La souris en peluche... Elle est là devant moi, abandonnée sur le sol, toute seule. Il me semble qu'elle a un drôle d'air. Je me penche pour la ramasser.

—Biark!

Elle pouvait bien avoir l'air bizarre, la souris. Elle n'a plus de tête! Décapitée. Quelle horreur! Ce n'est certainement pas Chaminet qui a fait ça... Il doit vraiment y avoir un ogre sanguinaire et décapiteur de souris au fin fond de cette cave. C'est sûr et certain. Et il a peut-être fait la même chose à mon Chaminet, ce monstre affreux! Au secours!

—Respire par le nez, que je me dis.

Je glisse la demi-souris en peluche dans mon sac (on ne sait jamais). Je promène la lumière de ma petite lampe autour de moi. À gauche, une porte entrouverte. Bizarre. Je ne l'avais pas vue, cette porte, quand j'ai aidé maman à descendre des cartons dans la cave. Étrange. Et si Chaminet était là, perdu, seul, blessé, pris au piège, bâillonné, ligoté... Aux mains du monstre de la cave, roi des décapiteurs de souris et peut-être de chats aussi. Au secours!

—Respire encore par le nez, que je me dis.

Mon cœur bat dans ma tête, ce n'est pas nouveau ça... Mais il bat aussi dans mes mains, dans mes pieds et un peu dans mes genoux. Ça va mal. J'ai l'impression que mon courage a fondu comme... comme un caramel mou!

C'est ça! J'ai fini mon caramel!

Il faut que j'en prenne un autre si je veux continuer. Mais ce caramel-là, il faudrait que je le garde un peu plus longtemps. Ce n'est pas évident, je dirais même que c'est affreusement difficile... D'habitude, j'ai besoin d'un miracle pour m'empêcher de croquer un caramel dès que je l'ai dans la bouche. Aujourd'hui, il en faudrait deux pour m'empêcher de l'avaler en deux temps trois mouvements!

Bon. Je le mange. Mmmmmm! Le goût du caramel me fait fermer les yeux. C'est aussi automatique que l'envie de croquer dedans. C'est comme la première fois où j'ai vu Chaminet... Il était si petit, si doux, on aurait vraiment pu croire que c'était un chaton en peluche. J'avais envie de lui peser sur le ventre pour voir s'il allait faire couic, comme sa fausse souris.

Quand je l'ai pris dans mes bras, il n'a pas fait couic, non. Il s'est mis à ronronner en frottant son petit nez froid contre ma joue. Puis il a fait tomber le cactus préféré de maman, directement sur le calorifère. C'était la première fois. Et moi je l'ai oublié là (aussi pour la première fois), ce qui fait que le cactus a eu tout plein d'épines brûlées. Et maman était tellement contente de me

voir rire, pour la première fois depuis le déménagement à Montréal, qu'elle ne m'a même pas appelée Éli!

En tout cas. Je vais l'ouvrir cette fichue porte, et je sauverai mon Chaminet.

Ça aussi, c'est garanti.

Chapitre 4

—Bing bang klonk patapouf!

La manie de Chaminet doit être contagieuse, parce que je viens de faire un vol plané, avant de m'écraser de tout mon long sur le sol, sac et fesses par-dessus tête.

Ma lampe de poche... Au secours! Elle aussi a fait un vol plané, mais dans une autre direction que la mienne. Et là, elle vient de s'éteindre! Quelle horreur! Comment la retrouver? Il fait noir comme dans le ventre d'un loup, ou comme dans celui d'une télévision pas allumée, ou encore comme dans le fond d'un mauvais rêve. Qui dit que ma lampe de poche est seulement éteinte? Peut-être qu'elle ne fonctionne plus du tout? Peut-être que les piles sont finies, *kaput*, mortes et enterrées? Peut-être qu'elle a fait une crise cardiaque pendant son atterrissage?

Pourquoi est-ce qu'une chose pareille m'arrive à moi?

—Respire par le nez, que je me dis tout haut pour m'encourager.

—Il est où mon nez? que je me réponds encore plus fort.

Je ne vois rien, je ne vois même pas jusqu'au bout de mon fichu nez... Au secours, Chaminet!

Ouais. Il me semble que c'était moi qui étais censée sauver mon chat. Pas le contraire. Caramel, caramel, aide-moi! Je ferme les yeux: c'est moins effrayant comme ça. J'ai juste à imaginer qu'il y a de la lumière. Mais oui! Disons que c'est seulement parce que j'ai les yeux fermés que je ne vois pas...

Qu'est-ce que je ferais si j'étais aveugle? Seule, abandonnée par mon chat, et aveugle? Je le sais, il n'y a qu'une solution: tâtonnons!

—Couic!

Misère. Un bruit de souris en peluche, à présent. La souris de Chaminet? Mais non, puisqu'elle est dans mon sac. Enfin, ce qui reste de la souris de Chaminet... Le bruit, lui, venait du fin fond de l'autre pièce.

Ça y est. Je suis couchée par terre au beau milieu d'une cave entièrement infestée de souris. De vraies souris en chair et en os. Je dirais même d'énormes rats, d'après le couic que j'ai entendu. Quelle horreur! Les rats sont peut-être comme les chats:

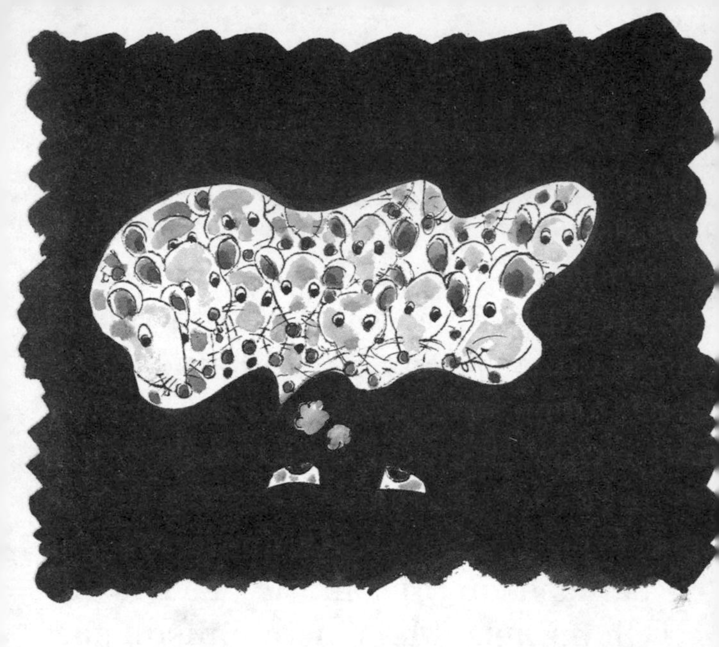

peut-être qu'ils voient dans l'obscurité! (On ne sait jamais, avec les caves.) Ça veut dire que les rats, ils me voient. Mais moi, je ne les vois pas! Misère...

Vite, vite, ma lampe de poche. J'ai la main à demi paralysée, je dirais même que ma main n'a plus du tout envie de chercher. Bien quoi? Elle pourrait tomber directement sur la patte, la queue, ou même la tête d'un rat affamé!

Biark! À tout hasard, je fouille dans mon sac. Tout à coup, je sens entre mes doigts quelque chose de piquant. La fourchette!

Ça devrait aller. Je me sers de la fourchette pour recommencer à tâtonner autour de moi. Si les souris et les rats voient dans le noir, ils n'auront sûrement pas envie d'aller fourrer leur nez sous les dents pointues d'une fourchette. Et s'ils ne voyaient pas dans le noir? Eh bien je préfère toucher un rat avec une fourchette plutôt qu'avec mon doigt!

—Bing bang klonk patapouf!

—Chaminet!

Il est là, je sais que c'est lui, ça ne peut être que lui. Pas le temps de chercher ma lampe de poche. Je me lève et j'avance dans l'ombre, les bras battant l'air devant moi, comme une somnambule. Je garde toujours la fourchette dans ma main. (On ne sait jamais, avec les caves.) La porte est juste derrière moi. Voilà, j'y suis. Je traverse de l'autre côté. Il fait un peu plus clair, à cause de la lumière en haut de l'escalier en colimaçon.

—Vrrrrrrrrroummmmmm!

Ouah! Qu'est-ce que c'est que ce bruit? Tout vibre! C'est un tremblement de terre? Sauve qui peut! Je voudrais prendre mes jambes à mon cou, escalader les marches quatre à quatre, mais je ne bouge même pas... Je ne crie pas non plus, sauf dans ma tête. Je suis devenue complètement zombi! Au secours!

Oh! Il y a comme un petit feu dans le fond de la cave, droit devant moi. La fournaise, c'est la fournaise qui s'est allumée!

Ouais... Je le savais, au fond, que les tremblements de terre sont très très rares à Montréal.

Enfin... Je pense que je le savais.

Bref, la fournaise. Mais c'est de là que venait le bing bang klonk patapouf! Tout droit du bout de la cave. Zut. Personne n'a jamais dit à Chaminet qu'une fournaise, c'était dangereux. Personne n'a jamais dit à Chaminet qu'une fournaise, quand on l'allume, brûle plus fort que dix feux de camp à la fois. Personne n'a jamais dit à Chaminet qu'une fournaise, c'est pire qu'un monstre à trois têtes, pire qu'un dragon géant et que sept petits gnomes verts réunis.

Je sais exactement ce que mon chat, curieux et maladroit comme il est, a fait: il est tombé dans la fournaise! Directement dans le ventre de la fournaise.

Et moi, Éliane Gagnon, je ne vois pas du tout comment je vais

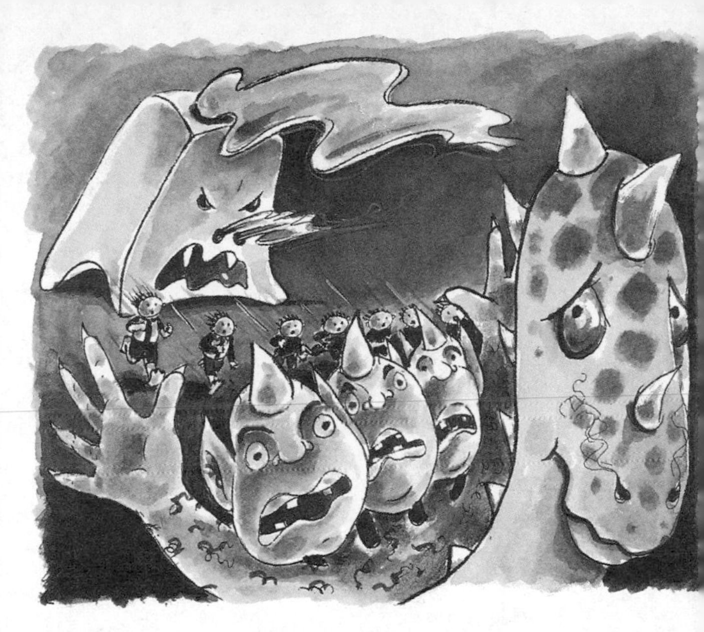

le sauver. Même avec un caramel mou, un couteau à beurre, quatre paires de collants de laine, une cassette, une boussole, un vieux réveille-matin et une tuque sur la tête; je ne vois vraiment pas comment.

Chapitre 5

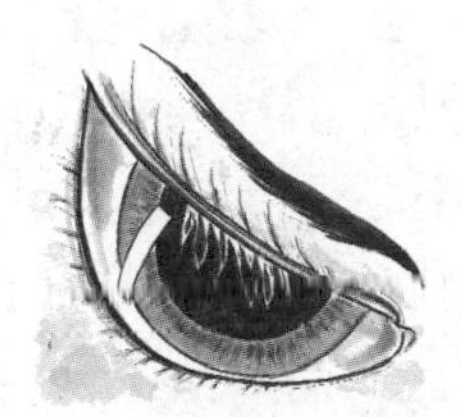

—Vrrrrrrrrroummmmmm!

La fournaise gronde toujours, avec son horrible vibration de tremblement de terre. Elle me fixe de son œil rouge, de son œil de braise.

—Chaminet... Mon chat chéri mon bébé préféré l'amour de ma vie... Sors de là, reviens je t'en prie!

Comme une somnambule, j'avance droit devant moi. Tout droit vers la fournaise. Je zèbre l'air avec ma fouchette, exactement comme si c'était une épée magique.

—Chaminet... Dis quelque chose!

Rien. Rien que le feu tout rouge, le grondement sourd, et moi. Ridicule. Il n'y a que la magie qui pourrait sortir mon chaton de là. La vraie de vraie magie. Pas celle des lapins sortant des chapeaux, encore moins celle des fourchettes-épées ensorcelées et des tuques anti-toiles d'araignées géantes...

Sans y penser, je fouille dans mon sac pour y trouver le dernier caramel. Je respire un grand coup par le nez, puis je le développe.

Mmmmmmm! Je ferme les yeux, très fort, pour faire un vœu. À travers mes paupières, on dirait que je vois toujours le feu, encore plus rouge qu'avec les yeux ouverts. Exactement comme si j'étais au beau milieu du ventre de la fournaise. C'est ça! En fermant les yeux très fort, je peux voir à l'intérieur de la fournaise.... Les caramels mous, ça doit vraiment être magique!

Sans ouvrir les paupières, je cherche Chaminet dans ma tête. Qu'est-ce qui t'est arrivé, mon bébé, qu'est-ce qui s'est passé dans cette fichue fournaise?

Quand il est tombé là-dedans, mon chat, on a entendu bing bang klonk patapouf! Comme d'habitude... Il ne s'est pas fait mal, mais il a eu très peur. Il faisait noir, si noir, que même un chat noir ne pouvait rien y voir. Heureusement que Chaminet avait emporté sa tête de souris en peluche avec lui. Comme ça, il se sentait moins seul.

—C'était un accident, qu'il a dit à sa souris. Tu le sais bien... Il m'arrive presque toujours des accidents. C'est comme pour toi, je

n'ai pas voulu te décapiter. Même que je n'ai pas fait exprès du tout. C'était pour jouer... La maman d'Éliane va te réparer, tu verras!

—Couic couic couic!

—Qu'est-ce qu'il y a... Pourquoi cries-tu comme ça? Pourquoi tout vibre? Oh non! La fournaise va s'allumer!

Prenant ses pattes à son cou, Chaminet s'est précipité n'importe où. Je le sais, c'est ce que l'on fait lorsqu'on ne voit rien. Et n'importe où, il a fallu que ce soit dans le tunnel de métal. Le long tunnel qui mène tout droit vers les souterrains de la cave. Vers le royaume du roi de la fournaise.

—Vrrrrrrrrroummmmmm!

Vite, vite, Chaminet s'est mis à courir dans le tuyau, s'enfonçant toujours plus loin. Mettant le plus de distance possible entre le feu et lui, ce feu qui vrombissait de plus en plus fort.

—Bing bang klonk patapouf!

—Tiens tiens... Nous avons de la visite! C'est un petit chat entièrement noir, exagérément doux et très maladroit, en plus... Ça va sûrement nous distraire. Allons Monsieur le chat! Relevez-vous, replacez cette chaise, ce cactus et toutes les choses que vous avez fait tomber. Je brûle de faire votre connaissance... À qui avons-nous l'honneur?

Abasourdi, Chaminet n'osait plus bouger. Devant lui, assis autour d'une table de banquet, se tenaient les deux personnages les plus terrifiants qu'il ait jamais vus.

Deux géants aux yeux de braise, brillants comme des tisons d'or rouge, avec le visage tout noirci de fumée. Deux géants entièrement chauves, emmitouflés jusqu'au cou dans une quantité incroyable de vêtements, noirs eux aussi. Quand le plus grand ouvrait la bouche, Chaminet pouvait voir un feu grondant à l'intérieur de son corps. Et, en même temps que ses paroles, une fumée noire s'échappait lentement de ses lèvres, dessinant des arabesques au-dessus de sa tête noircie.

—Bon! Il semble que notre

invité ait avalé sa langue... Il doit se consumer de peur, comme tous les autres! Je vais donc faire les présentations. Voici ma femme, Adélaïde, reine de la fournaise. Et moi je suis le roi, celui qui n'a pas de nom. Enfin j'en ai peut-être déjà eu un, mais je ne m'en souviens plus. Et je ne tolère pas que d'autres se le rappellent à ma place. Alors je n'ai pas de nom, un point, c'est tout. Compris, avorton?

Chaminet, toujours effondré, hochait la tête sans rien dire.

—Le roi est un peu bourru, expliqua doucement la reine Adélaïde. Mais n'y faites pas attention... Il a un cœur tout brûlant d'amour, au fond. En parlant de ça, mon roi chéri, ne trouves-tu pas qu'on gèle, ici? Peut-être que notre invité désirerait une couverture... Ah, cette fichue fournaise, il me semble qu'elle ne chauffe plus comme avant.

Encore plus surpris, Chaminet regardait le roi et la reine se couvrir mutuellement de couvertures de laine, alors qu'il avait l'impression, lui, d'étouffer dans ce souterrain surchauffé. Mais les yeux de braise de la reine Adélaïde le regardaient si gentiment qu'il décida de prendre son courage à deux pattes pour s'asseoir à la table.

—Pardonnez mon impolitesse... Mais je suis encore sous le choc! Je suis tombé dans la fournaise, tout à l'heure, et je ne m'attendais pas du tout à me retrouver ici...

—Ma parole, jeune chat, mais qu'avez-vous donc là?

—Oh, ça? C'est tout ce qu'il reste de ma pauvre souris en peluche. Je n'ai vraiment pas fait exprès, mais je l'ai un peu décapitée en jouant.

—Une tête de souris en peluche? Excellent! Je me sens en appétit et j'adore goûter de nouveaux mets... Je n'ai encore jamais goûté de tête de souris en peluche. Si on la faisait rôtir, Adélaïde, qu'en dirais-tu? Ou mieux encore: on pourrait la flamber!

—NON!

Chaminet, les yeux ronds comme des boutons, serrait la tête de sa souris contre son cœur. Il parlait sans même reprendre son souffle.

—C'est mon amie, je vais la faire réparer, elle redeviendra comme avant! Et puis elle parle, elle dit couic; et je suis certain qu'une souris en peluche, surtout sa tête, particulièrement si elle est flambée, est très mauvaise au goût!

Le roi et la reine éclatèrent

d'un grand rire caverneux, noyant la pièce de fumée.

—Voyons, chaton, dit la reine à travers deux volutes de fumée bleue. Le roi voulait plaisanter... Que voulez-vous qu'il fasse d'une tête de souris en peluche pour souper? Allons! Je meurs de faim. Que le banquet commence!

La reine frappa deux fois dans ses mains. N'attendant que ce signal, une foule de souris mécaniques se mirent à apporter des centaines et des centaines de plats, tous plus extraordinaires les uns que les autres. En quelques minutes, la table fut entièrement recouverte de friandises de toutes les couleurs, brillant dans la nuit comme des néons magiques.

Vexé, Chaminet ne bougeait pas d'un poil. Mais bientôt, il ne put retenir ses moustaches qui frémissaient d'envie.

—Allons jeune chat, je vois la lueur de l'appétit scintiller dans vos yeux... Buvez, mangez, dévorez, amusez-vous! C'est la fête! Après tout, ça doit presque faire cinquante ans qu'on n'a pas eu la moindre visite... Il faut célébrer cela. Ça va chauffer, je vous le garantis!

N'y tenant plus, Chaminet se mit à avaler tout ce qu'il trouvait devant lui (avec une préférence

marquée pour les jujubes en forme de poissons). Il s'arrêtait seulement pour respirer un peu et pour boire de grandes lampées du nectar qui miroitait dans un immense plat de cristal ovale. Un nectar tout rose, délicieux, étourdissant... et un peu étrange. Après chaque gorgée, la fumée lui sortait par les oreilles! Enfin... Ce n'est pas tous les jours fête au pays de la fournaise!

Après le repas, la reine Adélaïde sortit sa guitare, sourit à Chaminet, puis plaqua les premiers accords d'une chanson.

—Eh! Je la connais cette chanson-là, dit joyeusement Chaminet en fumant encore un peu des oreilles. Je peux même vous la chanter:

Quand j'vas être un bon chat
Pas d'bing bang pas d'patatras
J'vas rester tranquille

Doux comme une chenille
Couché dans mon panier
Toujours à ronronner...
Quand j'vas être un bon chat!

Le roi et la reine se tordaient de rire sur leurs chaises, devant le spectacle de Chaminet qui se trémoussait sur ses petites pattes de derrière, accompagné par la tête de sa souris en peluche qui couinait à qui mieux mieux.

—Par la barbe de mon calorifère, cher invité, vous êtes des plus divertissant! Je dirais même que vous êtes le visiteur le plus drôle que nous ayons reçu depuis des lustres... Votre petite chanson m'a donné envie de faire quelque chose pour vous. Et si on lui exauçait un vœu? Qu'en penses-tu, Adélaïde?

—Bien sûr mon chéri... Cette interprétation endiablée mérite bien une récompense!

—Eh bien! monsieur le chat... Y a-t-il quelque chose que vous désirez changer dans votre vie? J'ai le pouvoir de réduire en cendre un de vos problèmes. Je dis bien un seul, alors réfléchissez-y sérieusement!

Chaminet, en se lissant les moustaches, fit un clin d'œil à la reine.

—Hum... Il y a bien quelque chose...

—Allez-y, parlez!

—C'est à propos de ma petite maîtresse, Éliane. Elle est très gentille, ça oui... Mais elle n'est jamais contente. Elle n'aime ni la ville, ni les rues, ni notre maison, ni la cave, ni la fournaise...

—Pardon? Elle n'aime pas la fournaise?

—Surtout pas la fournaise!

—Alors, par les oreilles de mes radiateurs, je ne vois qu'une solution. Il faut échanger cette petite maîtresse qui n'aime pas les fournaises. Il faut la remplacer par une autre de meilleure qualité. Immédiatement!

—NON!!! NON!!! Chaminet, non!

Mais qu'est-ce que c'est que ce cauchemar? Chaminet veut se débarrasser de moi? Moi, Éliane Gagnon, sa seule et unique maîtresse? Pour de bon?

Mes yeux s'ouvrent tout grands, en même temps que ma bouche qui crie non... Je ne vois plus que le feu si rouge, par le trou de la fournaise. Le feu redouble d'ardeur, le feu vient vers moi. Comme deux grandes mains qui voudraient m'attraper et me réduire en cendres, moi, le problème de Chaminet.

Dans ma tête, j'entends mon chat qui hurle avec moi:

—NON!!! NON!!! Ce n'est pas vrai tout ça... Je l'aime, Éliane, je veux rester avec elle. C'est une blague, juste une blague... Je veux sortir d'ici, c'est ce que je veux. C'est mon souhait: sortez-moi d'ici!

—Vrrrrrrrrroummmmmm!

—Éliane! Tu es là ma chérie? Réponds!

Aveuglée par la lumière qui a tout à coup déchiré la nuit, je ne vois plus rien. Ni la fournaise ni le monstre du feu, rien. J'entends juste Lison et de Juju qui descendent en vitesse, qui courent vers moi.

Puis, doucement, comme dans un rêve, mes yeux s'habituent à la lumière blanche. Qu'est-ce que je vois? Un chat entièrement noir et exagérément doux, endormi en boule, avec sa tête de souris sous la patte. Blotti contre la chaleur de la fournaise.

Mon chat, mon seul et unique Chaminet.

Chapitre 6

—Ouch!

Ça, c'est maman qui vient de se cogner le genou contre une vieille bicyclette aux pneus crevés. Décidément, la manie de Chaminet est tout à fait contagieuse...

—Mon dieu, Anne, qu'est-ce que tu fais là toute seule, dans le noir?

—Je ne suis pas seule, maman. Je suis venue chercher mon Chaminet. Ça doit faire au moins quinze minutes qu'il est ici, non? Ça fait même tellement longtemps qu'il a eu le temps de s'endormir et de faire plein de cauchemars...

—Bon, bon. Mais pourquoi n'as-tu pas allumé la lumière?

—J'avais ma lampe de poche. Et puis, c'était plus drôle comme ça! C'était exactement comme une vraie expédition de sauvetage.

—Eh bien dis donc! Moi qui pensais que tu avais une peur terrible de la cave...

—C'est ça: J'AVAIS une peur terrible de la cave. Mais c'est fini maintenant.

—Ça alors!

Maman reste un moment sans paroles, la bouche entrouverte. Comme moi lorsqu'elle me raconte des choses sérieuses de grande fille raisonnable. Des choses sérieuses que je n'ai pas envie d'entendre... ou que je ne suis pas certaine de comprendre.

—En tout cas... dit-elle en haussant les épaules. Il y a une chose que j'aimerais bien que tu m'expliques: qu'est-ce que tu fais avec ta tuque sur la tête, une fourchette dans la main et ton sac de voyage sur l'épaule?

—Je te l'ai dit, maman... C'était pour ma mission de sauvetage.

Ma mère et ma tante se regardent, avec de gros points d'interrogation dans les yeux. Puis, tout à coup, Juju se tourne vers moi, son point d'interrogation transformé en point d'exclamation. Elle a l'air de dire: j'ai tout compris!

—Dis donc, Bichette, tu n'aurais pas cru que j'allais vraiment rapporter ton chat au magasin, par hasard?

—Voyons! Comment j'aurais pu croire une chose pareille... Je le sais bien que c'était juste une blague!

Du coup, les points d'interrogation et les points d'exclamation

se transforment encore, pour devenir trois petits points de suspension... Trois petits points d'hésitation dans les yeux de Lison et de Juju. Avant qu'elles aient le temps de poser d'autres questions, je dis:

—Est-ce qu'on retourne chanter? Je veux l'apprendre, moi aussi, la chanson de Chaminet!

En deux temps trois mouvements, j'attrape mon chat tout chaud, tout mou et tout patate, sans oublier sa tête de souris qui fait couic. Je n'aurais jamais pensé qu'une tête de souris décapitée pouvait faire couic. Enfin... On en apprend tous les jours!

Je me dirige d'un pas décidé vers l'escalier en colimaçon. Woups! Ma lampe de poche... Je pars en courant vers l'autre pièce. Je la trouve tout de suite (c'est quand même pratique, la lumière). Je pousse sur le bouton: elle fonctionne encore! Je la range dans mon sac, avec la tuque et la fourchette. On ne sait jamais, ça peut toujours servir...

Puis j'escalade les marches quatre à quatre, mon Chaminet maintenant sur les talons.

—Maman! Tu penses que tu pourras la réparer, la souris de Chaminet? Il l'a un petit peu décapitée en jouant!

—Seigneur, ce chat... Il n'a vraiment pas d'allure!

—Mais il n'a pas fait exprès...

—Oui oui, je le sais! C'est un tout petit bébé chat de rien du tout, et il va falloir encore que je répare ses gaffes. Bon, bien ce n'est pas tout, ça! Juju, c'était quoi déjà les mots de sa chanson, à ce pauvre petit chaton sans défense, qui est quand même capable de décapiter *un petit peu* les souris en peluche?

—Bing bang klonk patapouf!

—ÉLI! Tu es certaine que ton chat, il ne s'appelle pas plutôt Chaminouille?

FIN

Boréal Junior

1. Corneilles
2. Robots et Robots inc.
3. La Dompteuse de perruche
4. Simon-les-nuages
5. Zamboni
6. Le Mystère des Borgs aux oreilles vertes
7. Une araignée sur le nez
8. La Dompteuse de rêves
9. Le Chien saucisse et les Voleurs de diamants
10. Tante-Lo est partie
11. La Machine à beauté
12. Le Record de Philibert Dupont
13. Le Bestiaire d'Anaïs
14. La BD donne des boutons
15. Comment se débarrasser de Puce
16. Mission à l'eau
17. Des bleuets dans mes lunettes
18. Camy risque tout
19. Les parfums font du pétard
20. La Nuit de l'Halloween
21. Sa Majesté des gouttières

22. Les Dents de la poule
23. Le Léopard à la peau de banane
24. Rodolphe Stiboustine ou l'enfant qui naquit deux fois
25. La Nuit des homards-garous
26. La Dompteuse de ouaouarons
27. Un voilier dans le cimetière
28. En panne dans la tempête
29. Le Trésor de Luigi
30. Matusalem
31. Chaminet, chaminouille
32. L'Île aux sottises
33. Le Petit Douillet
34. Le Guerre dans ma cour

Boréal Inter

1. Le raisin devient banane
2. La Chimie entre nous
3. Viens-t'en, Jeff!
4. Trafic
5. Premier But
6. L'Ours de Val-David
7. Le Pégase de cristal
8. Deux heures et demie avant Jasmine
9. L'Été des autres
10. Opération Pyro
11. Le Dernier des raisins
12. Des hot-dogs sous le soleil
13. Y a-t-il un raisin dans cet avion?
14. Quelle heure est-il, Charles?
15. Blues 1946
16. Le Secret du lotto 6/49
17. Par ici la sortie!
18. L'Assassin jouait du trombone
19. Les Secrets de l'ultra-sonde

20. Carcasses
21. Samedi trouble
22. Otish
23. Les Mirages du vide
24. La Fille en cuir
25. Roux le fou
26. Esprit, es-tu là?
27. Le Soleil de l'ombre
28. L'étoile a pleuré rouge

Typographie et mise en pages :
Folio infographie

Achevé d'imprimer en mars 1994
sur les presses de l'Imprimerie Gagné
à Louiseville, Québec